みなまたの歌うたい

今日も元気に船を漕ぐ

写真・文
尾崎たまき

新日本出版社

日の出前、茂道港に浮かぶ快栄丸。奥に見える尖った山は漁のとき山当て（山立て）に使う矢筈岳(やはずだけ)

KM3-47967

みなまたの歌うたい
今日も元気に船を漕ぐ

目次

福岡県
佐賀県
長崎県
大分県
熊本県
不知火海
水俣市
宮崎県
鹿児島県

はじめに

熊本県と鹿児島県にまたがる内湾、不知火海《しらぬい》。穏やかなこの海域に面した山の斜面にはオレンジ色の甘夏みかんがたわわに実り、うれしそうに風にゆれています。山に近い豊かな海は、かつて起きた悲劇をすべて受け入れ、静かにときを重ねてきました。

1932年から1968年までの長い期間、日本の高度経済成長期に重要な役割を担ったある大企業の化学工場から、有機水銀（メチル水銀）を含んだ工場廃水が海に排出され続けるという歴史上重大な産業公害事件が起きました。不知火海に面した熊本県の水俣市で、水銀が原因で健康被害が起きた水俣病事件です。2021年、この事件をあつかったジョニー・デップ主演の映画が公開され、時を経てまたＭｉｎａｍａｔａ（ミナマタ）の名が世界中に広まることとなりました。

杉本さん夫妻は、水俣市の茂道《もどう》という鹿児島県境の小さな漁師村で漁を続けてきました。海を相手にする仕事柄、新鮮な魚をお腹いっぱい食べることが日課のようでもありました。魚の体に毒である水銀が取り込まれていることも知らずに。その結果、体内に少しずつ蓄積されていった水銀は、杉本さん夫婦、そしてその両親の体も蝕み、水俣病の患者になってしまったのです。

環境汚染がひどい海域は、堆積した水銀を海底に埋める工事が行われ、美しかった渚のほとんどが姿を消しました。そして、汚染された魚を封じ込める目的で、内湾と外海を遮《さえぎ》るように巨大な仕切り網が設置されたのです。

序章1

水俣湾を潜る

仕切り網設置から二十数年が経過した1995年頃、そろそろ網を撤去するべきか否か、そんな報道をよく耳にするようになりました。当時熊本県に住んでいた私ですらあまり身近に感じられなかった水俣病事件。でも仕切り網の報道を見ると、なぜか心がモヤモヤしてきて、いても立ってもいられない複雑な気持ちになりました。

(海を仕切るってどういうこと？　網の中と外の魚はどうしているの？)

当時、海に潜って写真を撮ることに夢中になっていた私は、不謹慎かもしれませんがそんな好奇心を抱きました。海の中がどうなっているのか一切情報が開示されていなかった当時、まるで禁断の海域のように思えたのです。

(自分の目で、仕切り網が実際どうなっているのかを見てみたい)

こうして、ダイビング器材や水中カメラ、タンクを車に積んで、一路水俣湾を目指しました。

水銀とともに大量処分された魚たちが眠る埋立地に車を停め、沖合にひっそりと佇む無人島（恋路島《こいじしま》）を眺めると、島の両側から仕切り網が延びている様子が波間に見え隠れしています。

（まずは島を目指して潜ってみよう。でもどこから入ればいいのだろう）

そう思いながら、コンクリートの岸壁をひたすら歩き回りました。


潜るときは岸壁から飛び込むだけなので難しいことはありませんが、潜り終えたあとが心配でした。それこそ何十キロもある重いダイビング器材やタンク、撮影に使うカメラ機材を持ちながら直立した高い岸壁をよじ登るには、両足を踏ん張れる頑丈な足場が必要です。とにかく慎重に場所探しから始めました。そうしているうちに、びっしりフジツボが張りついている一脚のはしごを見つけました。


海の中の様子が皆目見当がつかないなか、おそるおそる海へ飛び込むと……私の不安をすべて吹き飛ばすような勢いで魚たちが楽しそうに踊っていました。それはまるでこの世のパラダイスのようでもありました。

（生きている！　この海は生きている！）

目の前の魚たちを目で追いながら、そう確信しました。

それから2年後、当時の熊本県知事が安全宣言を出し、23年間設置されていた仕切り網は全面撤去。水俣の漁師さんは安心して漁ができるようになりました。

かつて私が潜った仕切り網の内側は、禁漁区に指定されていたため、海底に沈む漁具は見たことがありませんでした。ところが仕切り網が撤去されたとたん、魚をとるための刺し網やタコをとるためのタコツボを幾度も目にするようになったのです。

（この海を生活の糧《かて》にしている漁師さんがいるんだな）

繰り返し水俣湾に潜っているうちに、杉本さん一家のことを知りました。

「水俣病が原因で体が不自由ながらも、息子たちといっしょにシロゴ漁（シラス漁）を営む一家がいる」

そう伝え聞いたことがすべての始まりでした。

漁師さんが仕掛けた刺し網にかかるアオリイカ

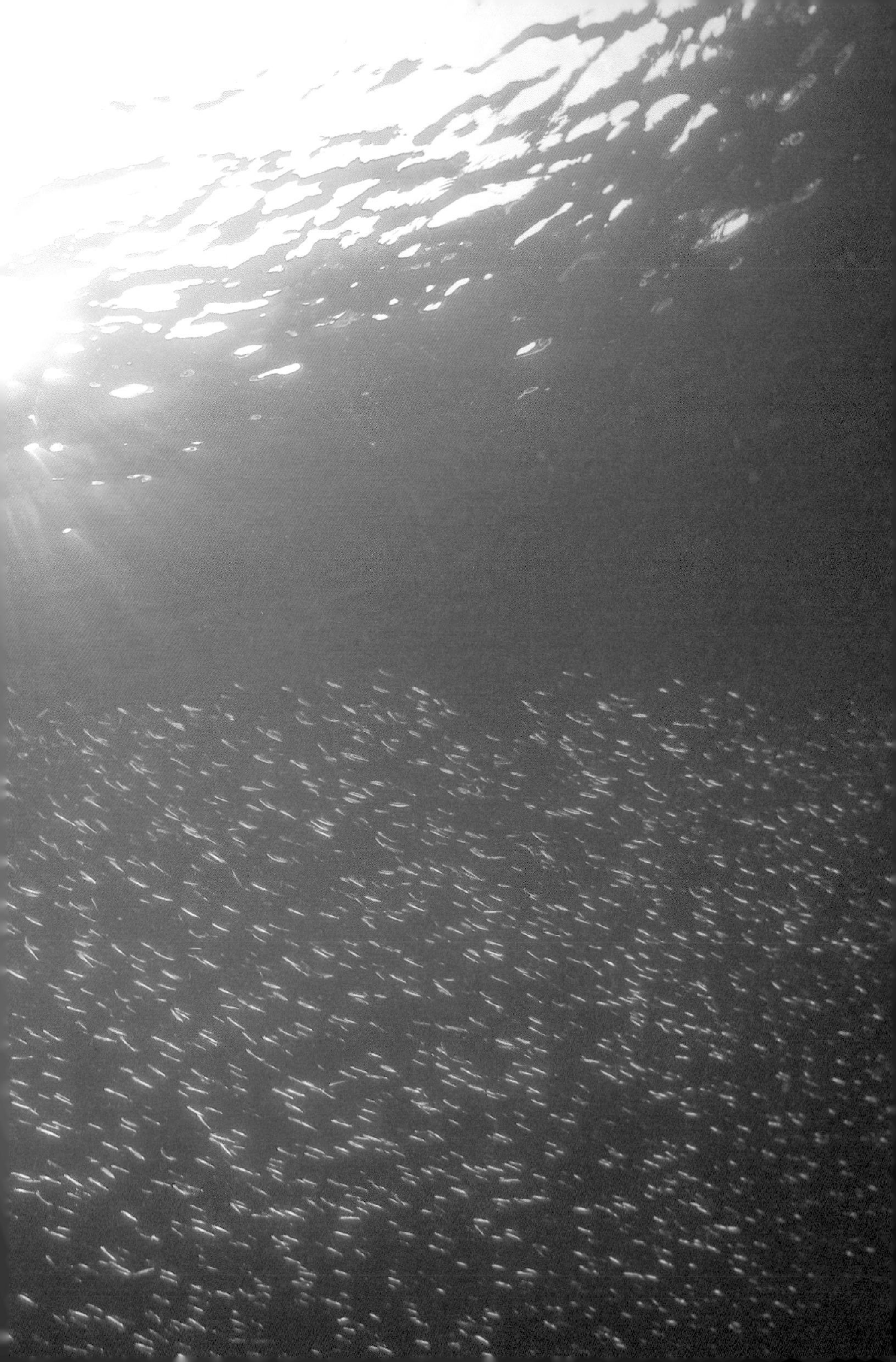

海の中に朝日が差し込むと
カタクチイワシの群れも活
発に動き出す

序章2

杉本家の船に乗る

杉本雄《たけし》さん、妻の栄子さん、長男の肇《はじめ》さん、四男の実さんの4人で営むシロゴ漁（しらす漁）の船に、はじめて乗せてもらったのは2002年夏のことです。

日差しがまだやわらかい早朝、船が停泊している茂道港で待ち合わせをし、自己紹介もそこそこに栄子さんと肇さんが操る船「第二快栄丸」に飛び乗りました。雄さんはもう1隻の船「第一快栄丸」へ、四男の実さんは、「第三快栄丸」に乗り込みエンジンをかけています。

杉本家のシロゴ漁は3隻の船でおこないます。パッチ網漁と呼ばれる漁法で、2隻の船で袋状の網を引き、もう1隻の船は魚を探したり、新鮮なうちに魚を港に運ぶための運搬船の役割を担ったりします。

一足先に出港した実さんの船を追いかけるようにして、雄さんの船と、栄子さん肇さんの船が出港します。2隻はぴったり寄り添い舫《もや》ったままの状態で、ゆっくりとしたスピードを保ちながら沖合に進んでいきます。

栄子さんが先導する実さんの船を指差し、実さんが漁労長だと私に教えてくれました。漁

杉本家の漁に初めて同行した思い出の日。
漁のあと撮影した家族写真から、満足いく
水揚げだったことがうかがえる

第一快栄丸を操縦する雄さん。
船の上ではちょっとした気の
緩みも禁物。危険なことも経
験してきた雄さんは常に真剣。

労長は、漁のすべてを取り仕切る一番重要な役割だと。実さんのことを漁師として一目置いていることが、栄子さんの仕草や表情ではっきりと伝わってきました。

魚の群れを探す魚群探知機（ソナー）は実さんが乗る「第三快栄丸」に設置されており、網を入れる場所やタイミングは、すべて実さんが決めてほかの2隻に指示します。

「こけ、おるごたんなぁ。いっちょ入れちみよか」

無線のスピーカーから聞こえる実さんの声を合図に、肇さんと雄さんが巨大な袋状の網を勢いよく海の中に入れ、「第一快栄丸」と「第二快栄丸」が力を合わせて曳いていきます。やがて雄さんの「第一快栄丸」は遥《はる》か彼方《かなた》に離れていき、海の上は再び静かになりました。網を引く時間は数時間。ようやく朝ごはんです。栄子さんは雄さんが握ってくれたおにぎりを、肇さんは奥さんが作ってくれたおにぎりを、美味しそうに食べています。

太陽がジリジリ照りつけてきた頃、実さんの声が無線から聞こえてきました。

「そろそろ、あげちみよかぁ」

その声に答えるように、「第一快栄丸」と「第二快栄丸」が海に投げ込んだ網を少しずつローラーで巻き上げながら互いに接近。最後は3隻の船が綱によってひとつに結ばれます。網に入ったシロゴを船上から覗《のぞ》き込む4人。みんなの顔に笑みがこぼれました。

この網には独特な工夫がされていて、シロゴより成長した大きめの魚は、網目が大きな部分に導かれる仕組みになっています。この日はタチウオも数匹混じっており、それがまた嬉しそうな栄子さん。「今夜のおかずじゃな」そうつぶやきニコリ。でも、ゆっくりはできません。シロゴ漁は時間との勝負なのです。漁を終えると、実さんが乗る「第三快栄丸」は一目散に帰港していき、残りの2隻も網を洗い流すと、あとを追うように茂道《もどう》港へ急ぎます。

加工場に到着したら、まずシロゴを真水で洗い、雑物を取り除きます。洗い終えると、大きな釜の中で沸騰しているお湯の中へ。やがて湯気とともにプーンといい香りが立ち込めてきます。

湯がいたばかりの釜揚げシロゴと生シロゴ。栄子さんがそれぞれお皿にとり分けてくれました。どちらもなんと美味しいこと。こんなに美味しいシロゴを食べたのは生まれて初めての経験でした。

加工の仕事が一段落し、タチウオを大事そうに抱えながら家に帰っていく雄さんと栄子さん。それを見送ったあと肇さんが私に語ってくれたこと、それは私が知らなかった真実《ほんとう》の水俣の姿でした。

網を入れる前の栄子さんの表情は真剣そのもの。
手前の白いボックスは簡易的に作られたトイレ

2曹寄り添い兄弟で網をあげていく

シロゴからのぼる湯気とともに、
美味しそうな香りが充満する作
業場

網に入ったシロゴをすくい
上げるのは実さんの仕事。
大漁だったようで肇さんも
うれしそう

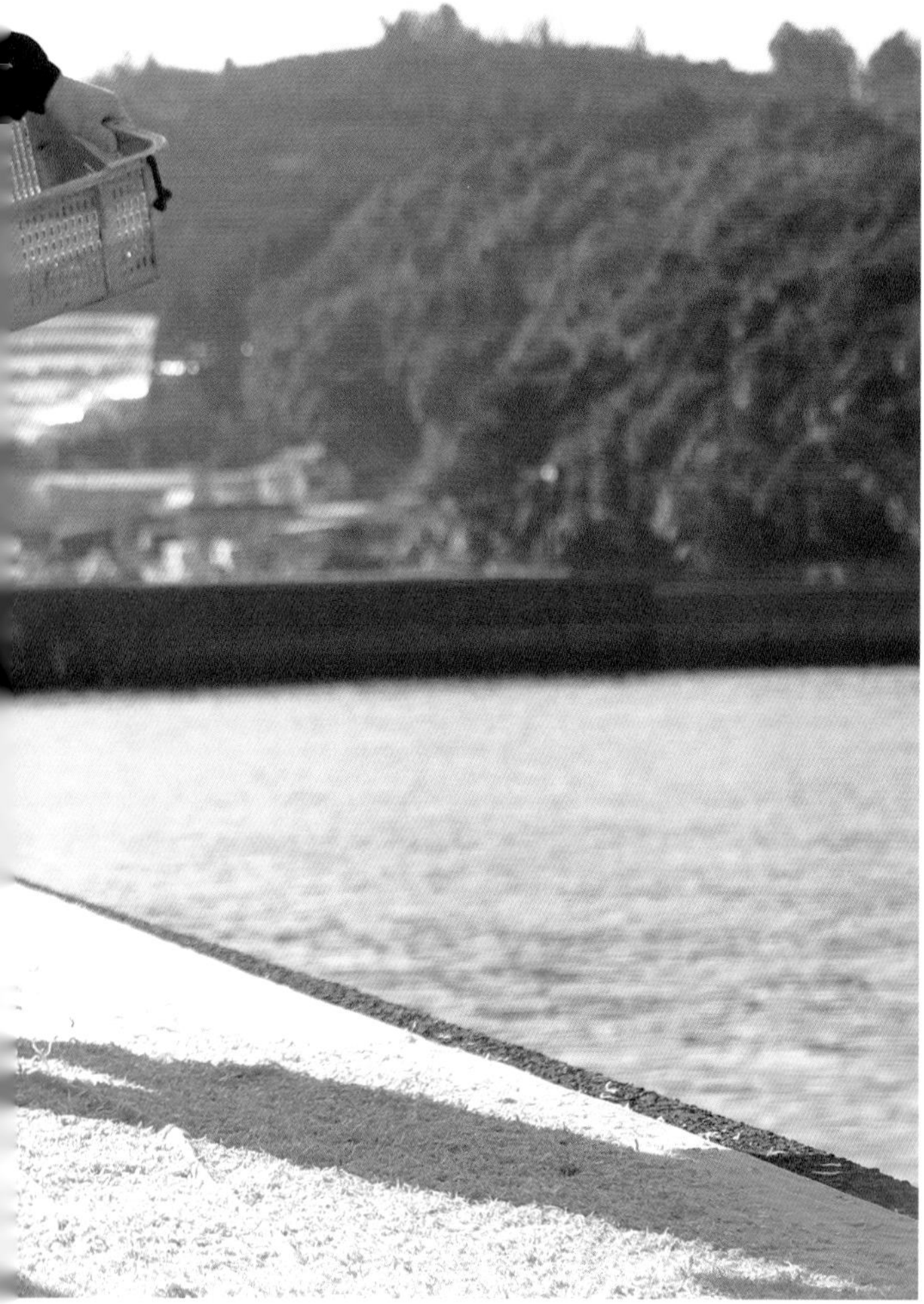

栄子さんがよそってくれた
釜揚げしたばかりのシロゴ

第1章

水俣生まれの苦悩

杉本栄子さんは網元の娘として生まれ、幼い頃から海に慣れ親しんだ根っからの漁師っ子。キラキラと輝く瞳が印象的な女性でした。そんな栄子さんに心底惚《ほ》れぬいて、杉本家に婿入りしたのが夫の雄《たけし》さん。体が不自由な栄子さんに片時も離れず寄り添い、優しく微笑みかける姿は、まさにおしどり夫婦という言葉がぴったりでした。

1974年、栄子さんは水俣病認定患者として正式に認定されました。水俣病の症状がすでに現れ始めていた雄さんものちに認定患者となります。夫婦で長期入院することもたびたびあり、不安定な生活が続きました。

そんなとき家に残されるのは子どもたち5人。食事の準備、掃除、洗濯などの家事を、長男の肇《はじめ》さんを筆頭とする上の子3人で分担していました。相談できる大人は周りに誰もいません。どんなに苦しくても頼れる存在がいない状況に、「だれか助けてくれ！」そう叫びたくなるほど、精神的に追い詰められていた肇さんでした。

揃って両親が長期入院中のある日、栄子さんが使っていた湿布が減り続けることを不審がった肇さんが、弟たちを問い詰めようと部屋をのぞいてみると、そこには湿布を抱きかかえながら眠る彼らの姿がありました。全身を襲う慢性的な関節痛に苦しんでいた栄子さんは、苦痛を減らすための湿布が手放せなかったのです。兄弟たちにとって湿布の匂いとはかぁちゃんの匂い。弟たちの孤独を目の当たりにした肇さんは、母親に甘えたくてもできない彼らが不憫《ふびん》でなりませんでした。それゆえ、さらに自分の抱えていた苦しみに蓋をして生活する日々が続きました。

肇さんは幼い頃から祖父や両親と船に乗り、漁の手伝いが終わってから登校をする毎日を送っていました。漁師になりたい――。それは子どもの頃からの夢。貴重な男手として周囲からの期待も大きかった肇さんに待っていたのは、中学一年生のとき、雄さんから告げられたある言葉でした。

「もう明日からは漁には行かんけん、お前も手伝わんでよか」

病に臥《ふ》せる母親の体のこと、水俣病問題で家業としての漁を続けられる状況ではなかったこと、さまざまな理由があることを頭ではわかっているつもりでいても、将来への道を突然閉ざされた絶望感にさいなまれる肇さんでした。

肇さんは、高校を卒業と同時に上京することを決めました。水俣病がきっかけで、人間関係が分断されてしまった水俣。原因企業を相手取った補償金の裁判もはじまり、なにが正しいのか、なにが間違っているのか、誰も本音で話さなくなった水俣、執拗ないじめに苦しみぬく両親や周りの大人たちをみているうちに、自分を取り巻く環境がすべて不純なものに思えてきて、1日も早くこの場所から抜け出したくなったのです。肇さんが上京すると、弟たちも次々と水俣を離れていきました。

ただひとり水俣に残った四男の実さんは、高校を卒業して隣町に就職しました。家の前の海岸に行けばビナ（貝）拾い、船に乗っては漁の手伝い、毎日獲れたての海の幸をお腹いっぱい食べながら育った実さんは、本当は卒業後に両親の跡を継いで漁師になるつもりでいたのです。

ところが肇さんと同じように「水俣病」という大きな壁が目の前に立ちはだかりました。当時は禁漁区以外での操業は許可されていましたが、全国にひろがった水俣病に対する風評被害によって水俣産の魚はほとんど売れず、多くの漁師さんは赤字を恐れるあまり、海に出ることを諦《あきら》めてしまったのです。もはや実さんには会社員になるという選択肢しか残されていませんでした。

しかし数年後、細々ながら漁を再開した両親の姿を見て、漁師をやると決意。

「会社ば辞めて、とぅちゃんかぁちゃんのような漁師になりたか！」

雄さんと栄子さんにそう告げたのは実さんが24歳のとき。悩み抜いた末の決断でした。息子の熱い思いを痛いほど感じていた雄さんと栄子さんですが、長年の風評被害に苦しむこの海で、漁師として生計を立てていくことへの不安が拭《ぬぐ》えません。雄さんは、会社勤めを続けるよう説得を繰り返しますが、実さんは頑《がん》として首を縦に振らなかったのでした。

この実さんの行動が杉本家の転機となり、雄さんと栄子さんは馬力のある最新式の船や魚群探知機を新たに買い揃え、3隻で行うシロゴ漁が始まりました。

シロゴ漁を選んだ理由はいくつかありました。カタクチイワシは寿命が短く、しかも稚魚を獲るということで魚が汚染される心配が少ないということ。そしてたとえ水銀が海底に沈んでいたとしても、イワシは回遊する魚のため、水銀に触れる可能性が限りなく少ないということ（注：水銀は重金属なので海底に沈む）。さらには独自に検査機関に持って行き、魚の水銀濃度を調べてもらうなど、安心して食べてもらえるような取り組みを行なってシロゴ漁を始めたのでした。

「毒を食らった人間が、人様に毒を食わせるわけにはいかん」と常々口にしていた栄子さん。保存料や漂白剤を一切使わない無添加製造も心がけました。

実さんは、甘えたくてもかなえられなかった幼い頃の時間を取り戻すかのように、両親とともに漁に出かけました。家計を支えるために休む間もなく働き続ける両親。シロゴ漁だけでなく、甘夏みかん作りにも精を出していました。そばには慣れない野良仕事でも嬉々として手伝う実さんもいます。

かぁちゃんが喜んでくれる。笑ってくれる。実さんは〝かぁちゃんの笑顔〟が見たくて必死に働いたのです。

「美味しかもんができると、かぁちゃんがうれしそうにするけんなぁ」

実さんを奮い立たせていたのは、ただただそれに尽きるのでした。

上京から14年、妻と子どもを連れて帰ってきた肇さんの姿が、快栄丸の船上にありました。水俣に絶望して一度は自分の元から離れていった肇さんですが、いつか必ず戻ってくると、栄子さんは信じていました。

なぜかって？　栄子さんは、魚がたくさん獲れると必ず肇さんに電話を入れ、

「今日のシロゴはすごかったっぞ。で、肇、いつ帰ってくっとかい？」

それはもうしつこいくらいに、言い続けていたのですから。

HOKEN
NITRILE
GRIP
L

第2章 親戚同士の絆

栄子さんは、水俣病を発症してから入退院を繰り返す日々が続いていました。

水俣病には特効薬もなければ治療法もなく、病院から処方されるのは湿布や痛み止めくらい。痛み止めを飲めばそのときはよくても、あとで必ず副作用に苦しむことになるのです。山や道端に生えている薬草を使い、自力で治そうとも試みました。いくらか体調がいい時もあれば悪い時もあり、一進一退の足踏み状態。症状がひどいときは寝込むこともたびたびありました。それでも漁を再開したのは、栄子さんにとって海が治療場だったからです。

「やっぱり、自分の体ば治すとこは海しかなか」

そう言って、雄《たけし》さんと手を取り合い海に出かけていた栄子さんでした。

この頃、杉本家の漁を全面的にサポートしていたのが、栄子さんの母トシさんの弟、鴨川《かもがわ》強巳《つよみ》さんでした。

強巳さんは刺し網やタコつぼ漁では地元漁協で毎年一番の売上を誇る凄腕漁師です。肇《はじめ》さんも実さんも、漁の先輩として誰よりも尊敬していたのでした。

にぎやかなことが大好きな鴨川強巳さん（中央）は、家族のイベントのたびに自身が獲ってきたマダコやカニを振る舞う。この日は息子夫婦とひ孫と一緒に夕食。

強巳さんの子どもは5人姉弟。5番目にして授かった唯一の息子が等さんです。母親を中学1年生のときに亡くしたこともあり、4人のお姉さんが母親に代わり大事に育ててくれました。女ばかりの環境をぬけだし、年齢も家も近い男5人兄弟の杉本家に、よく遊びに行っていたという等さん。

「飯ば食うてくか?」

当時、雄さんの気遣いにも、蚊の鳴くようで声でしか答えられない、極度の恥ずかしがり屋だった等さん。

「もちっとふとか声で話さんば、聞こえんぞ!」

そう怒られることもしばしばでした。

隣町の高校を卒業したあと、等さんは父親の強巳さんと一緒に船に乗り、ゴチ網漁をしていました。ゴチ網漁とは、瀬の周辺に集まった魚を袋状の網で獲る漁法。このときはまだ水俣の海に仕切り網が残されており、漁ができる海域が極端に制限されていた頃です。一生漁師のつもりでいた等さんに、ある日、強巳さんが強く就職を勧めてきました。

若くして結婚した等さんが、漁師一本で家族を養っていくことを心配するあまりの助言だったのでしょう。同じ頃、会社勤めを辞めて茂道に帰って来た実さんと入れ替わるように、大好きな漁師の仕事を離れることになった等さんなのでした。

悔し涙をこらえつつ職業安定所に出向き、紹介してもらった先は地元の水道工事会社。そのまま真面目に勤めること二十数年。努力に努力を重ね、自分の会社「水道設備屋ひぃちゃん」を立ち上げるまでに至りました。

さて肇さん。やんちゃ盛りの中学生だった頃、鴨川強巳さんにはたいへんお世話になっていたのです。

ふとしたことで感情が爆発し、あと先考えず鹿児島から沖縄行きのフェリーに乗り、肇さんは家出少年になってしまいました。目的地に着きタラップを降りたとたん、危険な雰囲気を全身からプンプン醸し出していた肇さんはすぐさま警察に保護されることに。急遽《きゅうきょ》沖縄まで迎えに行かなくてはならなくなった雄さんですが、お金がないため交通費すら工面できません。頭を抱え悩んだ末、思い切って相談したのが親戚の強巳さんでした。強巳さんは二つ返事で了承してくれ、沖縄まで一緒に付き添ってくれると言うのです。行く道すがら、強巳さんから何度も念を押されたことは、

「肇をぜったい怒ったらいかんぞ！」

ということでした。

若さ故の行為とはいえ長男の身勝手な行動に怒り心頭の雄さんでしたが、強巳さんには逆らえません。なにせ3人分の飛行機代金ぜんぶ払ってくれたのですから。

二人が迎えに来るまで、恐ろしい顔をしたヤクザの組員たちと共に警察署のトラ箱（保護

室）の中で一晩過ごすという恐怖体験をした肇さん。さすがに観念したそうですが、本当に恐ろしかったのは、身元引受人として急遽水俣から迎えに来ると聞かされたとぅちゃんの存在でした。

ぶん殴られるのを覚悟して、恐る恐るトラ箱から出てきた肇さん。厳しい表情をしたとぅちゃんの横に、なぜかニコニコ顔の強巳さんの姿も。

バツが悪い肇さんはとぅちゃんから何を言われるのかと不安な思いでいると、とぅちゃんより先に強巳さんが第一声をあげました。

「肇、せっかく沖縄まで来たっだけん、観光して帰るぞ！」

雄さんと強巳さんはポカンとした表情の肇さんをタクシーに乗せ、観光名所の首里城やハブとマングースショー、そして水族館など、3日間沖縄観光を思う存分楽しんだのでした。このときの宿泊代やタクシー代、それと食事代は、ぜんぶ強巳さんのおごり。

だから肇さんは今でも強巳さんには頭が上がりません。この家出を境に、厳しかったとぅちゃんから怒られることはなくなったのでした。

刺し網で獲れたヒラメを手に「この魚に食わせてもろうとる」とキスをする強巳さん

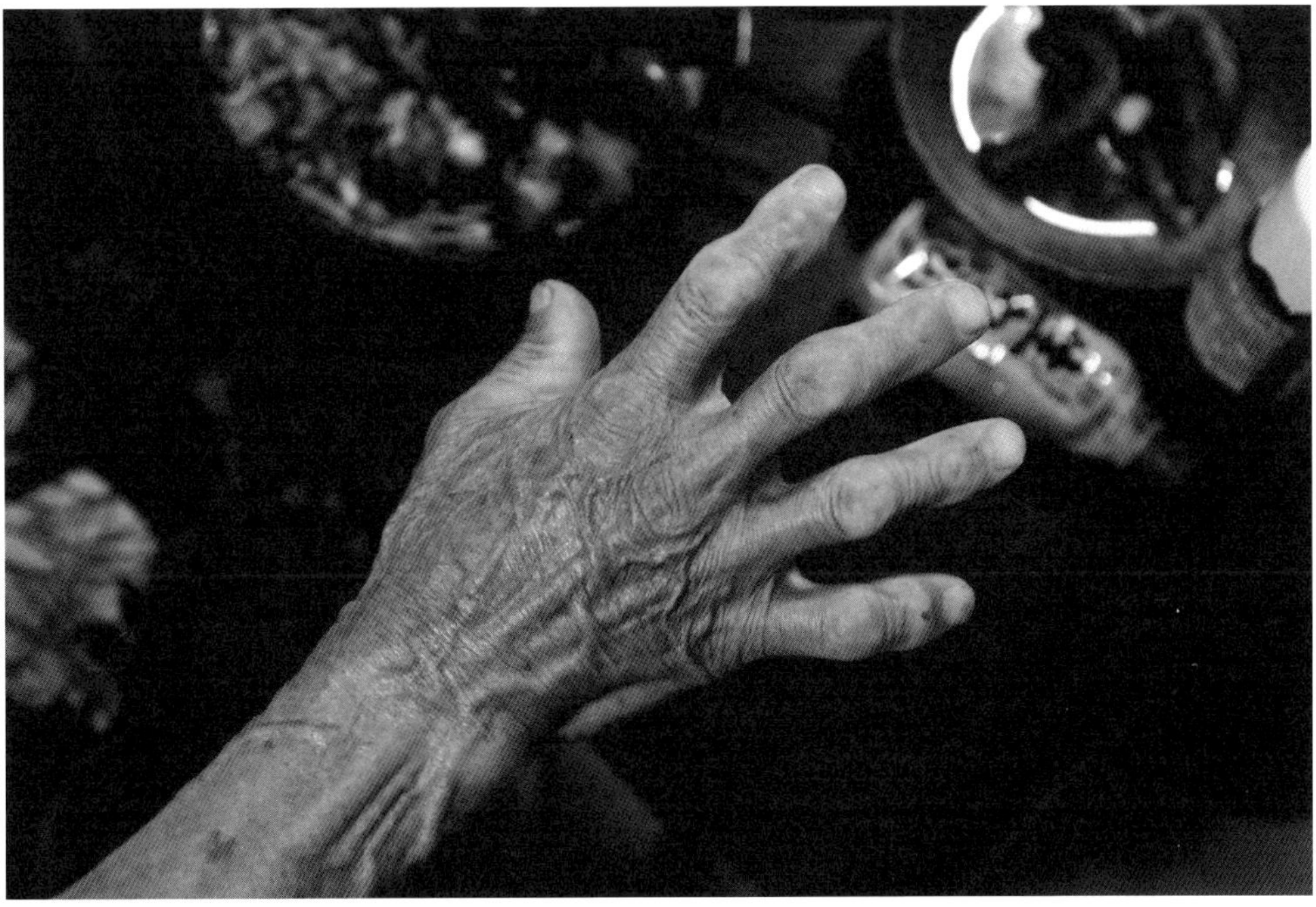

89歳、働き続けた海の男の手

第3章

原点のお祭り

毎年11月15日、豊漁を祈願し各家庭で行われるのは「えびす祭り」です。杉本家でも同様、雄《たけし》さん栄子さんの体調が許す限り、毎年行われるお祭りになっていました。贅沢《ぜいたく》な海の幸に舌鼓《したつづみ》を打ちながら、飲んで歌って踊る、海沿いに暮らす人にとって最高に楽しい1日なのです。

杉本家のえびす祭りでは、芸事が大好きな栄子さん発案で、ひとり一芸を必ず披露するという決まりがありました。この日ばかりは栄子さんが得意の日舞を踊ったり、大好きな演歌を歌ったり。いつもは寡黙《かもく》な雄さんも別人に変身。シースルーのカーテンでみずから縫《ぬ》った手作り衣装を身にまとい、化粧を施《ほどこ》した顔で、ジュディ・オングの「魅《み》せられて」を熱唱したのでした。肇《はじめ》さんと実さんは、両親の変身ぶりを見て笑い転げていました。ふたりとも幼い頃は恥ずかしくて芸を披露する機会はありませんでしたが、大人になって一度だけ芸を披露したことがあるという肇さん。それは水俣に帰ってきて間もない頃、かぁちゃんが知り合いから譲《ゆず》り受けたジャンベ（アフリカ起源の太鼓）を差し出したことがきっかけでした。ジャンベを叩きながら自身で作詞作曲をした歌を熱唱する肇さんを見て、かぁちゃんたちは大喜び。今にして思えば、のちにお笑いバンドを結成する肇さんの原点は、このえびす祭りに

衣装を身につけると肇さんから
はぁちゃんにスイッチ ON

あったのかもしれません。ここで見たとぅちゃんかぁちゃんによる達者な芸の数々、そして勢いで叩いたジャンベの記憶が今の姿と重なるようです。

肇さん、実さん、従叔父《じゅうしゅくふ》にあたる等さん3人によるグループが結成されたのは2000年頃。きっかけは地元のスナックで行われた漁師仲間同士の酒宴の席。肇さんが十八番《おはこ》の宴会芸を披露したときのことでした。栄子さんが趣味の日舞で使っていた化粧道具を使い、顔全体に歌舞伎役者顔負けの派手なメイクを施しました。ジャンベをドンドン叩きながら得意の生着替えを披露すると、集まった漁師仲間は腹をよじらせて大爆笑。涙目をした店のママさんからも、おひねりのご褒美。このとき、肇さんはみんなの笑いに包まれた快感を知ってしまったのでした。

これを機に、たびたび宴会の席に呼ばれるようになった肇さん。やがて相方として、気心の知れた等さんを誘って宴会の席に出かけるようになります。肇さんが繰り出す突拍子もないアドリブやツッコミに対し、等さんが天性のボケで応えると会場は笑いの渦に包まれます。子どものときから手先が器用だった実さんは、当初裏方として二人のサポート役に徹していたのですが、二人の勢いにつられるかたちで、いつの間にかお笑いトリオの一員としてステージへ登場するようになったのです。

ライブが終わると必ず反省会と
称し宴会を繰り広げる３人

第4章

やうちブラザーズ誕生

首には大きな花飾り。お腹周りには原色の腰巻きの半裸衣装。顔には赤や黄色を基調とした化粧という独特のいでたち。

グループのリーダーは、作詞作曲を手がけるボーカル兼司会進行役の肇《はじめ》さん。水俣を拠点に活動する和太鼓チームに所属していた等さんは、ポリタンクで作った手作り打楽器で合いの手を入れていきます。

常に真顔の等さんと反比例するように、ニコニコ笑顔の実さんは、ギロと呼ばれるひょうたん型の楽器を使います。水俣弁丸出しの肇さん以外は、ステージ上で一切おしゃべりしません。等さんに至ってはクスリとも笑わないのですが、口を使わない代わりに、肉体を駆使したパフォーマンスを実さんとともに披露します。こんな突飛な芸風が地元で噂になり、おじいさんやおばあさんたちがこぞって会場に押し寄せるようになりました。高齢者が相手だろうと容赦しません。ボルテージ全開の肇さんが、おじいさんやおばあさんを面白おかしくいじり倒すさまは、まるで水俣版、綾小路きみまろのオンステージのようです。

こうして3人は、グループ名を正式に「やうちブラザーズ」と定め（やうちとは、水俣弁で身内や親戚のこと）、お笑いと音楽の要素を取り入れたコミックバンドとして、本格的なライブ活動をはじめるようになりました。

やうちブラザーズとは（キャラクター設定）

自称ビジュアル系ロックミュージシャン。ハワイから太平洋を越えて水俣にたどり着いた「はぁちゃん」（杉本肇）、南の島から流れ着いた「みぃちゃん」（杉本実）、中国大陸から渡ってきた「ひぃちゃん」（鴨川等）で結成された水俣発の音楽バンド。この3人は、なぜか水俣のキャンプ場で運命的に出会ってしまい、いっしょに暮らすようになったという。

やうちブラザーズの評判は少しずつ口コミで拡がっていき、地元会社の忘年会や新年会、知人の結婚式、市主催イベントのメインステージからも出演オファーが来るようになります。お客さんのなかには、どこでライブ情報を入手したのか、突然予告なしに現れる雄《たけし》さん、栄子さん、強巳《つよみ》さんの姿も。3人が生き生きと活動している様を温かい視線で見守っているのでした。

市主催の大型行事である「サラたまちゃん祭り」、「みなまたYOSAKOI祭り」の出演も毎年の恒例行事となると、やうちブラザーズ見たさのお客さんが、水俣市内のみならず

MUSASI

市外からも大勢来るようになりました。あれよあれよという間に活動範囲は九州全域に拡がり、ついには熊本のテレビ番組からも出演依頼がたびたび入るように。
「こがん格好でテレビに出てよかとだろか」
初めこそドキドキハラハラしながらのぞみましたが、今ではどこ吹く風。回を重ねるごとにカメラの前であろうとも自分たちのスタイルは絶対に崩しません。いつもの半裸衣装で堂々とおしゃべりし、歌って踊る3人なのでした。

民族歌舞団「荒馬座」に呼ばれ東京で行われた
ライブには、多くのファンが詰めかけた

第5章

水俣で起きた土砂災害

2003年の夏祭りが始まりました。杉本家では、それぞれの家族を連れて快栄丸に乗り、祭りの一大イベントである花火大会を海から鑑賞することが長年の習慣になっていました。肇《はじめ》さんの子どもたちも、次つぎと打ち上げられる花火を海の上の特等席から思う存分楽しみました。帰港しようと船を走らせはじめたそのとき、長男が東の方角に見える大関山の方を指差して不思議なこと言い出すのです。

「まだ花火しよるけん、あっちにも見に行きたか」

光っていたのは稲妻でした。すでに、山の上空には記録的な大雨を降らせる前兆がはっきり現れていたのです。

＊

翌7月20日夜半過ぎ、水俣地方には活発な雨雲がかかり、大雨を降らせました。地元の誰もが初めて経験する豪雨だったと口を揃えるほどでした。

そしてそろそろ夜が明けようかという午前4時過ぎ、水俣市の山間部にある宝川内集《ほうがわちあつまり》地区、深川新屋敷地区を土石流が襲ったのです。これにより19名の尊い命が奪われました。そこには夜中から見回りに出ていた若い消防団員3名も含まれていました。

集地区23戸のうち16戸が家をなくし、集落の2割の住民を失った宝川内集地区、そして4名の犠牲者が出た深川地区に、深い悲しみが広がりました。

幸い3人が住む茂道《もどう》地区では被害は見られなかったものの、同じ水俣の住人として身につまされる思いでした。

次の日。行方不明になった人の捜索のため、肇さんたち水俣の漁師は揃って船を出し、捜索活動を続けました。数日後、最後の行方不明者が見つかり、家族の元へ帰ることができたこと、それがせめてもの救いでした。

*

それから3年が経過した頃、肇さんのもとに一本の電話がかかってきました。

甚大な被害を受けた宝川内地区の自治会長からでした。

「被災地の宝川内地区に新しく建てられた地区公民館のお披露目と山の神さまの祭りに際し、地域住民たちを慰労するため、やうちブラザーズに来てもらって歌って欲しい」という趣旨でした。引き受けたものの、辛い状況にある人たちを前にしたとき、お笑いをベースとする自分たちの演目はそぐわないのではないか？　失礼にあたらないだろうか？　そんな不安を抱えつつ、肇さんたちは公民館へ向かいました。

到着すると、３人の心配をよそに会場は歓迎ムード一色。マイクもない部屋の中で、肇さんたちは全力で歌い踊りました。間近でみるやうちブラザーズの迫力に一同圧倒され、次つぎと繰り出される小ネタに最初はクスクスと、やがて我慢できずお腹をよじらせ大爆笑。最後の曲になると、軽快なリズムで踊りだすおばあちゃんまで現れました。

「こげん、腹から笑ったとは何年ぶりだろか。迷ったばってん来てよかった」

そんなおばあちゃんの声が聞こえた瞬間、３人は涙をこらえることができませんでした。どんなに苦しくても笑顔でさえいれば、いつか幸せが訪れる。笑うことこそ人生で一番大切なことだと実感したステージ。それがこの宝川内公民館でのライブだったのです。

この日を境に、やうちブラザーズとしての３人の覚悟が決まりました。

第6章

かぁちゃん、とぅちゃんの旅立ち

全身の苦痛を少しでも軽くしようと、利尿作用のある薬草茶を毎日飲み続けていた栄子さんは、自分の船に簡易トイレを設置しました。体がつらいときや発作が起きたときには寝転がって休めるよう、小さいながら畳の船室も造りました。万全とはいえない体調でも波の音や鳥のさえずり、魚たちの声に耳を傾けていると、自然に体が軽くなっていくようで不思議でした。

大漁のときには、

「ありがたかね、こげん魚ば獲らせてもろて……」と言い、
時化《しけ》で漁に出られない時は、

「良かときもあれば、悪かときもある。凪続きじゃ魚ば根こそぎ獲ってしまう。今日はよか休みじゃ」

などと言い、笑っていました。


水俣病をも〝のさり〟として、すべてを受け入れてきた栄子さん。その大きな背中を見ながら、

肇さん実さん兄弟は手をとりあい歩んできました。

体に水銀という毒が取り込まれてしまったことが原因で、さまざまな症状として現れる水俣病。手足のしびれや麻痺、言語障害、視野狭窄《きょうさく》、さらにはほかの病気の併発もあります。それらの症状と闘いながら、生涯船に乗り続けた栄子さんの体を別の病気が蝕みました。脳腫瘍でした。水俣病との因果関係は明らかにされていませんが、健康な人の体よりも抵抗力が弱い水俣病の患者さんが、他の病気を併発することは多いと言われています。

「薬に頼らず自力で治す」その信念を変えず、自然療法で闘い続けた栄子さん。２００８年2月、享年69歳。あまりにも早い別れでした。

（※のさりとは思いがけずもたらされためぐみのこと）

2008年2月28日、天国へ旅立った杉本栄子さん。式場に入りきれないくらいのたくさんの人が別れに駆けつけた

肉体との別れのあとも、栄子さんの
魂はあらゆる人に寄り添っている

「We Love My Mother」

作詞作曲
杉本　肇（やうちブラザーズ）

ウイーラブ　マイマザー　ウイーラブ　マイマザー
ウイーラブ　マイマザー　アイラブユー　マイマザー

夏の暑さに耐えぬくことは　何もしないことなのかぁさん
動かない浜のトドの様です　テレビの前の座敷トド
朝は10時のオヤツ食って朝寝　昼は昼メシ食って昼寝
それがあなたの至福の時なの　頬にしっかり畳のあと
でも　大好きなんだよかぁさん　あなたの頼りになる体型
子ども達は　足のたもとで　おかげで木陰
有り余る脂肪の蓄積は　寒い冬を越えるため
とても冷え症な母にとって　大切な宝もの
昼間しっかり刻んだ睡眠は　不眠症に勝つため
僕も守ってあげるよかぁさん　自称か弱いあなたを～

ウイーラブ　マイマザー　ウイーラブ　マイマザー
ウイーラブ　マイマザー　アイラブユー　マイマザー

冬の寒さに耐えぬくことは　何もしないことなのかぁさん
冬眠中のクマの様です　コタツ入ったグリズリー
朝はトースト２枚とコーヒー　10時のオヤツにご飯
油っこいおかずが好きなの　未だ止まらぬ成長期
でも　大好きなんだよかぁさん　あなたの頼りになる体型
子ども達はあなたを囲んで　暖房がわり
口ぐせはたらふく食べたあと　あ～痩せなきゃ
買いあさったダイエット食品は　タンスの肥やし
でも　大好きなんだよかぁさん　あなたあなたが居なけりゃ
あなたがここに居るだけで　とっても幸せ
とても大好きなんだよかぁさん　あなたが一番
あなたがここに居るだけで　とっても幸せ

ウイーラブ　マイマザー　ウイーラブ　マイマザー
ウイーラブ　マイマザー　アイラブユー　マイマザー

ウイーラブ　マイマザー　ウイーラブ　マイマザー
ウイーラブ　マイマザー　アイラブユー　マイマザー

このQRコードから、
やうちブラザーズの演奏が
見られます
（ご本人提供の誰でも
見られる動画です）

栄子さんの死後、雄《たけし》さんと実さんの二人暮らしが始まりました。船に乗る前に雄さんが毎朝早起きして握ってくれたでっかい爆弾おにぎり。雄さんは体調を崩して船に乗れない時も、この大きなおにぎりだけは必ず手渡してくれるのでした。

それから7年後、雄さんは栄子さんのあとを追うように天国へと旅立ちました。享年75歳でした。

水俣病資料館の語り部として活動を続けていた雄さんと栄子さんは、訪ねてくる多くの人たちに向かって、ときには大粒の涙をこぼしながら、自分たちの体験談を話していました。

「毎回、泣くほどつらかことば思い出さなん語り部って……かぁちゃんは何でそがんことばすっとだろか」

以前はそう語っていた肇さん。今は雄さん栄子さんの遺志を継ぎ、水俣病患者の家族として語り部の活動を受け継ぎました。

一心同体。栄子さんに目をやる
雄さんを見るたびにそう感じた

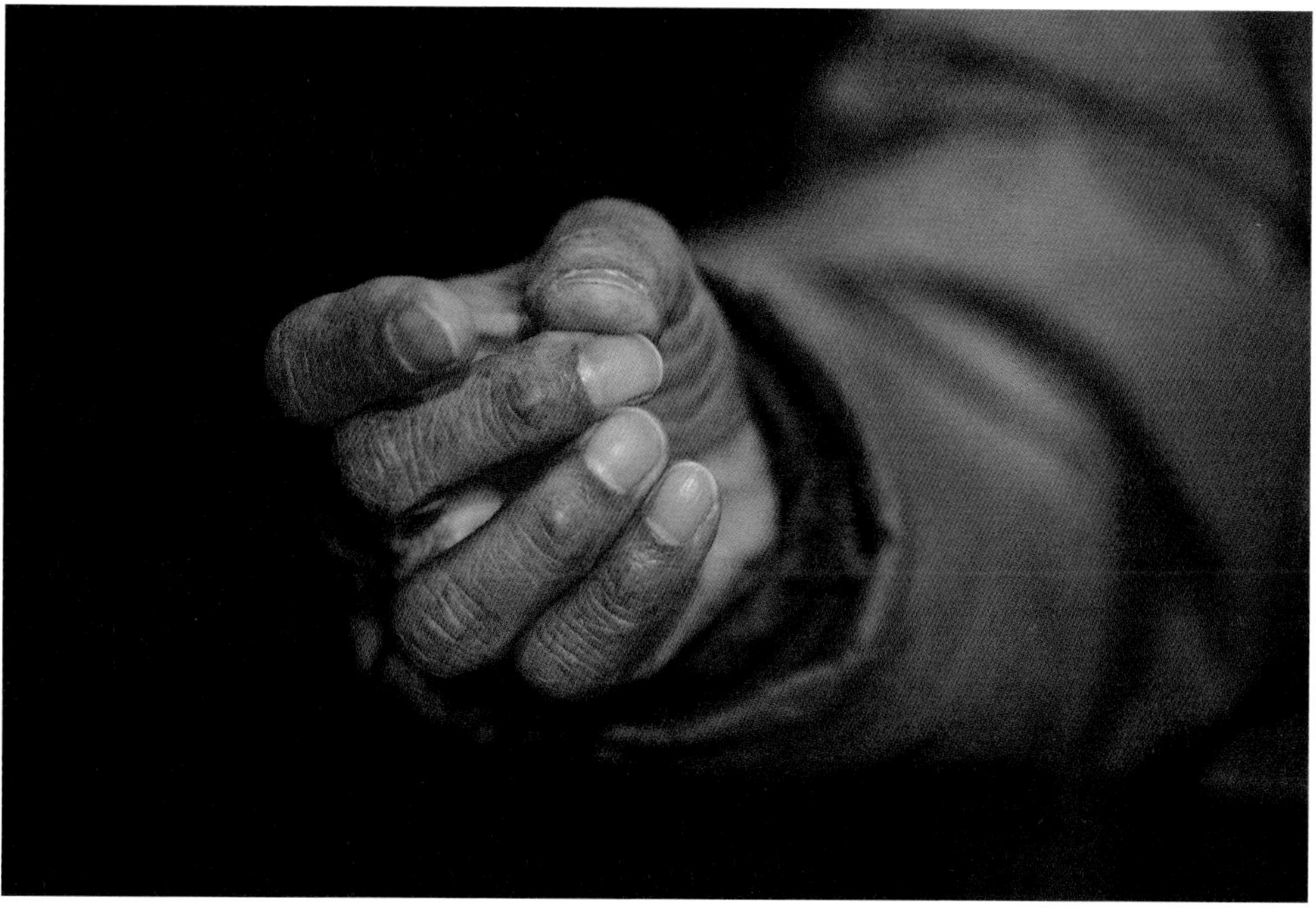

痩せた体に反した雄さんの大きな手。この
手で握るおにぎりの味は格別だっただろう

家族4人で行なっていた当時の
シロゴ漁の様子

湯がいたシロゴを乾燥室へ。ふたりは
いつでも共同作業

無線を片手に見つめる先は漁労長、
実さんの船

海に投入した網をローラーで巻き
上げる雄さん

獲れたてのシロゴを水洗いする栄子さんと雄さん。このあと生シロゴを口に運びさらに笑顔がこぼれる

釜揚げ仕事を終えて作業場の前で
ひと休みする肇さんと雄さん

雄さんが他界したあと一人暮らしになった実さん。家でも
作業場でも猫をかわいがる姿が多く見られるようになった

釜揚げシロゴをつまみ食いする近所のねこ。
誰も追い払わない

第7章

前へ前へ

２０２０年７月。熊本県を中心に九州各地では再び集中豪雨に見舞われました。水俣川では氾濫寸前まで水かさが増え、周囲の住民は一斉避難せざるを得ませんでした。かろうじて氾濫は免れたものの、となりの芦北町《あしきたまち》や八代市、人吉市、球磨《くま》村など、球磨川水系の13箇所では氾濫や決壊が起き、不幸にも多くの犠牲者が出てしまいました。

そのとき肇さんの脳裏をよぎったのが、２００３年に水俣を襲った土砂災害。とにかく今回も、行方不明者全員が見つかって欲しい、そう願うばかりでした。人手が必要な人びとがたくさんいるにもかかわらず、コロナ禍の影響により県外ボランティアの受け入れは許されておらず、被災地の人びとは疲弊するばかりでした。

それを知った肇さんは、

「コロナのおかげでやうちブラザーズのイベントもなか。金もなか。ばってん、時間はたっぷりある」

ステージ道具一式が入ったスーツケース

家族にそう言い残し、被災地の坂本町に向かったのでした。

現場ではほとんどの家が浸水し、一変した景色に愕然《がくぜん》としたという肇さん。家に流れ込んだ土砂を掻《か》き出す住民の姿を見ながら、自分も少しでも力になればと無心になってシャベルを振り続けました。到底1日では終わることもなく、何日も通い続けました。次第に地元のひとたちとの交流も生まれ、大切な時間を共有した坂本町のみんなが家内《やうち》のように思えてくるようでした。


それから4ヶ月後、坂本町でやうちブラザーズのライブが行われました。

遺《のこ》されたものの悲しみを知る肇さん。

生きていれば、いつか笑い合える日がくる。

生きていれば、いつか幸せな瞬間《とき》がくる。

一緒に前へ進もう。

そんな願いを込めて、やうち同然の坂本町のみんなに、この歌をプレゼントしました。

そして、やうちブラザーズにとって何ものにも替え難い宝物、〝みんなの笑顔〟をお返しにもらって。

「みいちゃんのうた」

作詞作曲
杉本　肇（やうちブラザーズ）

南の島から来た　俺のともだちの名前みいちゃん
手作りカヌーに乗って　えっちらおっちら漕いできた～
大きな大きな　波乗り越えて　えんやこらとっととやってきた
空と海の真ん中で　流れる雲追いかけながら

泳ぐ魚とたわむれながら　今日も元気に舟を漕ぐ

がんばれ～こげこげ～
はい、やっぴー　やっぴー　やー
前へ　前へ

ひとりでは寂しくないかい？　だいじょうぶ　だいじょうぶ

そこには友達がいること　そして家族がいること
またみんなと楽しく会える日を　いつも夢見ているから

暗闇は怖くはないかい？　だいじょうぶ　だいじょうぶ
お日様が必ず沈むし　そして必ずまた昇る

暗闇は朝が近いこと　つまりそういうことだから

がんばれ〜こげこげ〜
はい、やっぴー　やっぴー　やー

前へ　前へ

おわりに

加工場で乾燥シロゴの袋詰め作業をしていた栄子さんに「好きな花はなんですか？」と尋ねたことがあります。

「すみれの花。目立たんけど、健気に咲いとっとがかわいらしか」

今でも道端に凛と咲くすみれの花を見るたび、栄子さんのキラキラした笑顔を思い出します。

そしてすみれに寄り添うように咲くたんぽぽの花を見ると、もしかしたら雄さんが好きだった花なのかもしれないなぁ、なんてことも思えてくるのです。

「赤い色はエネルギーをもらえるから好き」と、赤い服を好んで着ていた栄子さん。

　勝ち気な女性に思えた栄子さんでも、いろんなやりかたで自分を鼓舞して生きてきたんだなと、赤い服を着て微笑む写真を見ながら、その存在の大きさを今改めて感じています。


やうちブラザーズは、今や追っかけも登場するほどのバンドに成長しました。

コロナの影響で活動の自粛が続いていますが、毎年暮れになると大人数を収容できる水俣の「あらせ会館」で、本格的なディナーショーを開催しています。

やうちブラーズのパフォーマンスを思う存分楽しめるとあって、チケットは即完売するという人気ぶりです。

お客さんの中には、毎年鴨川強巳さんの姿もあります。彼がやうちブラザーズの一番のファンであることは、間違いなさそうです。

ひとりひとりが分断され、孤立していく世の中。
そこには、置き去りにされていく人たちがたくさんいます。
幼い頃から何度となく味わってきた悲しみや寂しさ、そして悔しさ。
それすら笑いに変えてきたやうちブラザーズが水俣にいます。
歌と笑いを通して伝える彼らのメッセージが、みんなの心にも届きますように。

2021・10・13　尾﨑たまき

おいしい料理とお酒を飲みながら2時間たっぷり
楽しめる毎年恒例のディナーショー

ディナーショーの時だけの特別衣装も
みんなの楽しみのひとつ

ディナーショーには友達を引き連れて毎年欠かさず見にきている鴨川強巳さん。誰よりも楽しそうな姿が印象的

定番ネタ「きたえてるからイタクナイ」

定番ネタ「ふたりでひとつ」のクワガタ。ほかには「ししおどし」や「トラクター」「ウミガメの産卵」などふたりでひとつのものを演出

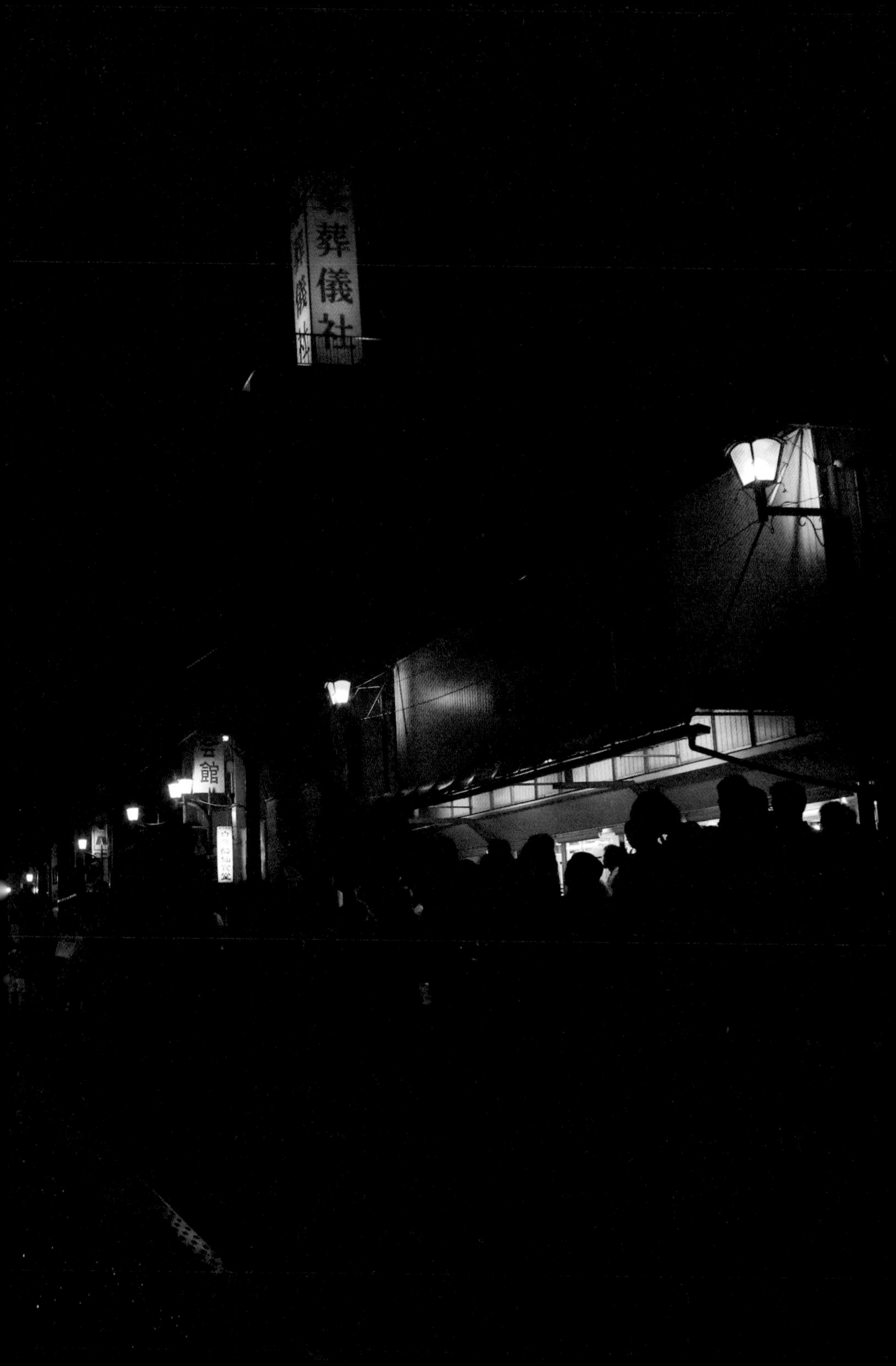
葬儀社
館

スーパー

みなまたの歌《うた》うたい
今日《きょう》も元気《げんき》に船《ふね》を漕《こ》ぐ

2021年12月25日　初　版

著者　尾﨑たまき
発行者　田所　稔

郵便番号　151-0051
東京都渋谷区千駄ヶ谷4-25-6
発行所　株式会社　新日本出版社
電話　03(3423)8402〔営業〕
03(3423)9323〔編集〕
info@shinnihon-net.co.jp
www.shinnihon-net.co.jp
振替番号　00130-0-13681

ブックデザイン・構成
富澤祐次、高橋佐智子

印刷・製本
光陽メディア

落丁・乱丁がありましたらおとりかえいたします。

ISBN978-4-406-06636-5 C0036　Printed in Japan